金占明 著

四川文艺出版社

图书在版编目（CIP）数据

必然 / 金占明著 . -- 成都 : 四川文艺出版社，
2021.6（2021.10 重印）

ISBN 978-7-5411-6041-7

Ⅰ.①必… Ⅱ.①金… Ⅲ.①诗集－中国－当代
Ⅳ.① I227

中国版本图书馆 CIP 数据核字（2021）第 097047 号

BI RAN

必　然

金占明　著

出 品 人　张庆宁
责任编辑　程　川　周　轶
封面设计　叶　茂
内文设计　史小燕
责任校对　文　雯

出版发行　四川文艺出版社（成都市槐树街 2 号）
网　　址　www.scwys.com
电　　话　028-86259287（发行部）　028-86259303（编辑部）
传　　真　028-86259306

邮购地址　成都市槐树街 2 号四川文艺出版社邮购部　610031
排　　版　四川胜翔数码印务设计有限公司
印　　刷　三河市嵩川印刷有限公司
成品尺寸　145mm×210mm　　　开　本　32 开
印　　张　8.5　　　　　　　　　字　数　170 千
版　　次　2021 年 6 月第一版　　印　次　2021 年 10 月第二次印刷
书　　号　ISBN 978-7-5411-6041-7
定　　价　48.00 元

《圣经》只有一本，理解各有不同。

序

如果说我的第一本诗集《偶然》的出版纯属偶然，那么，这本《必然》的出版似乎有了一点先兆和必然性。

作为知名学府的一位资深教授，几年前，我做梦也没有想到自己会在花甲之年遇到全新的挑战和困惑，感到自己走进了一条峡谷，四面都是无路可攀的山峰。我甚至不知道自己怎么走进了这样的峡谷，只知道花了大约四十年的时间，几乎耗尽了所有的黄金岁月。毫无疑问，我不可能从头开始，再重新规划自己的来路，而只能以这里为营地探寻未来十年，二十年或三十年的路，但四面的山峰似乎座座都很高耸和陡峭，近乎无路可走。

像大多数同事和有类似经历的人一样，很长一段时期，我一直把在知名学府里当教授作为人生的目标和归宿。的确，在2000年晋升为教授的头几个月里，我也一直比较亢奋，周围的一切都显得那么亲切，书架上的书似乎都在向我频频招手，甚至有点邀功领赏的意味，校园中的枯草枯木都有了生命的气息，这正像1989年我刚刚来到清华大学做博士后的情景一样。当时感觉这所著名学府的一切都与众不同，我在朱自清先生写《荷塘月色》的原址的石阶上久久伫立，想象着1928年的情景，怎么都不能理解朱先生当时到底是怎样的心境，但却觉得出淤泥而不染应该成为知识分子毕生的追求。

但几个月后，当上教授的喜悦感荡然无存，伴随着职称问题的解决和长期压力的释放，潜藏在内心深处的那些问题就像水中漂着的葫芦，总是顽强地漂上来，压下去又漂上来，再压下去又漂上来。尽管这些问题都是老问题，几乎人人都会遇到，譬如世上到底有没有爱情和真理，值不值得认真求索和追求；男人喜欢女人的美貌还是她的善良；女人喜欢男人的伟岸还是他的才华，抑或是权力和金钱。在童年时代，这些似乎都不是问题，随着岁月的流逝，一些以前看来标准和毋庸置疑的答案似乎并不全对，我一直纳闷这到底意味着自己是成熟还是堕落。还有比如人从哪里来，又到哪里去，这些问题随着夜晚的来临也会像幽灵一样在不经意间爬出来，其实幽灵本身就是一种"幽灵"，谁又真的见过幽灵。

几年前，我对自己的学术方向已然失去兴趣，觉得自己在很多领域的研究基本上都乏善可陈，或者雷声大雨点小，既不能摘取学术皇冠上的明珠，又不能解决日常的工作和生活问题。令我难堪的是，发现问题是一回事，解决问题又是另一回事，连续几年了，除了在学生的帮助下在原版的基础上再版了两本教材以外，自己在学术上没有大的斩获。尤其是在自己的学术领域，我感到取得突破已无可能，既难以越过波特和明茨伯格等人垒砌的高墙，也无法再和年轻一代的学者竞技。

偶尔，我会翻阅西方哲学和介绍西方哲学的著作，深感大师们深邃的目光已经穿过了几百年的历史时空，现在我们研究的很多问题和发表的成果只不过是拾人牙慧，而且还常常断章取义。先哲们千百年前就提出了人从哪里来，又到哪里去这样的命题，而自己和很多人却还在为怎样才能博得听众的一点掌声或怎样帮助企业多卖几件商品而津津乐道或大伤脑筋，先哲们天堂有知，又会做何感想？每当自己想思考一些哲学问题和试图寻找有关研究课题时，不知为什么我总会不情愿地想到堂吉诃德的风车，有时感到自己就是被逼疯了。

坦率地说，我是一个事业上有追求的人，像多数人一样，童年时代也有很多梦想，其中之一就是成为诗人，但是，阴差阳错，在近四十年的时间里，先是十几年的工程技术专业的学习和研究，后来是近三十年的战略管理教学和研究，我与诗歌脱离了关系。但诗歌是我的初恋和最爱，人们常说的"文笔好"也一直是我的骄傲，既然专业上再取得更大成绩已不太可能，探索哲学问题要补的课又太多，何不借助自己的文学爱好写写自己甜酸苦辣的人生。然而，看过中国众多优秀诗人的作品之后，发现文学园地已春色满园。每当这时，我刻骨铭心的感受就是江郎才尽。

前述的困惑和文学上无所作为的缺失曾经给我带来烦恼和惆怅。然而，我又是上帝的幸运儿，我的诗歌《什么是祖国》《大变迁》和《圆明园的秋天》在《诗刊》和《诗林》发表后受到读者的关注和好评。诗集《偶然》也受到广泛关注，这些都是对我极大的鼓舞。正是在这样的背景下，四川文艺出版社推出我的新作《必然》。

诗人娜夜写过一首《个人简历》，诗中写道：

　　使我最终虚度一生的不会是别的
　　是我所受的教育和再教育

我个人的经历和教育不可避免地反映在我的诗歌写作上，就是在强调逻辑和严谨因而避免空洞和凌乱的同时可能陷入呆板和僵化；在强调战略思维和视野因而避免短视和偏见的同时可能失去活泼和清新。怎样将前两者融入诗的情怀和浪漫中也许是自己未来努力的方向，毕竟自己几十年的阅历也是一种财富！

　　诗歌欣赏和创作给我带来了意想不到的愉悦和满足。在我人生的旅途上，她有时是高山瀑布，有时是小桥流水；有时是丰盛的大餐，有时是清淡的小菜；有时是愤怒的呐喊，有时是耳边的低语。她让我看到了心灵的曙光，体会到玩味的乐趣，给我带来了诗意的生活，让我站在又一峰巅上尽情享受天边绚丽而多变的晚霞！

　　无论什么原因，当你打开这本诗集的时候，祝愿你也有一次愉快的诗歌之旅！

　　最后，我要对四川文艺出版社的厚爱，对付出辛勤劳动的程川编辑表示诚挚的谢意。

金占明

2020年9月于清华园

目　录

第3辑　美的距离

方 向

世纪的丰碑
——纪念清华大学建校110周年

您的华诞

我想到了风雨如磐的1911年

您以特殊的方式

诞生在清华园

从那时起

义不容辞挑起了中华崛起的重担

筚路蓝缕

历久弥坚

您的华诞

我想到了梁启超先生著名的讲演

自强不息，厚德载物

清华人生生不息的理念

为学求知若渴

为师诲人不倦

风雨无阻

岁岁年年

您的华诞

我想到了闻一多塑像的庄严

一首《七子之歌》

把爱国热情点燃

流浪在外的游子

多么渴望回到母亲的身边

祖国

华夏子孙永远的精神家园

您的华诞

我想到了"三一八"烈士韦杰三

1926年遭到段祺瑞反动政府的屠杀

仅仅二十三岁的华年

"三一八断碑"

铭刻着一代代清华学子的远识与忧患

爱国奉献

不朽的信念

您的华诞

我想到了朱自清先生的名篇

《荷塘月色》

多少人为之流连忘返

莲花的品格

出淤泥而不染

清芬挺秀

卓尔不凡

您的华诞

我想到了"一二·九"的呐喊

反抗日本帝国主义

要求中国领土的完整保全

掀起全国抗日救国新高潮

公开揭露了他们并吞华北的阴险

唤起中国人民的觉醒

大义凛然

您的华诞

我想到了西南联大的璀璨

短短的八年

留下教育史上不朽的画卷

杨振宁、李政道

摘取了物理学领域的皇冠

一大批知名学者

为人类进步事业做出了重要贡献

您的华诞

我想到了戈壁大漠的浩瀚

两弹一星的发射场

彻夜未眠的元勋邓稼先

无怨无悔的精神

一丝不苟风格的礼赞

隐姓埋名的青春岁月
马兰花开的灿烂

您的华诞
我想到了清华人才辈出、星光耀眼
从两弹一星到宇宙飞船
从人民英雄纪念碑到国旗上的图案
从人工合成牛胰岛素到试管婴儿的出现
从三峡大坝到秦山核电站
从雷达与通信工程到生命科学领域
从大型加速器到我国第一代战斗机翱翔蓝天
一项项重要成果与工程
镌刻着清华人的奋斗与勤勉

您的华诞
我想到了风光如画的校园
春天紫荆花开的芬芳
盛夏梧桐树下情侣依偎的双肩
晚秋银杏飘落的金黄
冬日里蜡梅的娇艳
清华
我们永远的眷恋

2021.2.19

字字珠玑

——深切怀念袁隆平院士

和多数科学家和教授相比

你的六十多篇论文

并不足奇

但浸润它们

却耗尽了你毕生的心血和精力

我不知道这些论文写了什么

却懂得是四海飘香的杂交稻米

堆积如山

将它们高高托起

你用长满老茧的手

将文章写在大地

以少胜多

字字珠玑

2021.5.23

方向

蜜蜂和苍蝇的寓言很多
这一个最有趣

在昏暗的地方
横放一个敞口小的玻璃器具
在器具底部点燃一支蜡烛
再将一只蜜蜂放入器具里
它会一直向着灯光的方向飞
直至撞死在器具底

如果放进一只苍蝇
情形更离奇
前几次也是向着灯光飞
若还飞不出
它会乱撞
最后会从后面的敞口飞出去

错误的方向还不如没有方向
这是寓言的启迪

2020.8.14

鸟语

动物世界有一种奇特的变异
泣鬼神，惊天地
科技发达了
人的语言却退化了
包括作家和诗人
既不写文言文
也不写现代汉语
都开始用鸟语
其实这很荒唐
也是一种难以自救的猎奇
他们不明白
猎人早就熟悉鸟语的含义
如果需要
他们还是会抓住你

2020.5.3

快递小哥

让我们用150个汉字描写你
这样的诗题
难坏了我们
又亵渎了你

150个汉字太少
测量不了你穿街过巷
风雨无阻
走过的距离

150个汉字太少
记录不下你肩背手提
轻重不一
爬过的楼梯

150个汉字太少
承载不了你日积月累
早出晚归
难言的委屈

150个汉字太少
收集不了你怀念故土
父母、妻子和儿女
相思的泪滴

150个汉字太少
表达不了疫情时期
你逆行的奉献
我们的敬意

2020.7.11

如果

如果今天与昨天
同样的一日三餐
你的味觉一点都没有变
说明和昨天比
你的厨艺和鉴赏一点都没有变

如果今年与去年
同样的工作内容和时间
你感觉到难易程度一点都没有变
说明和去年相比
你的技巧和能力一点都没有变

如果现在与二十年前
同样的一本书和观点
你的评价和态度一点都没有变
说明和二十年前比
你的理论修养一点都没有变

如果几十年里
对很多事物和历史变迁

你的看法和行为一直没有变
那你的生活肯定在变
变得无聊和难堪

2020.7.4

形状

家里新买了一把水果刀
与众不同
刀尖和刃口不在一个方向
去剜水果疤
既不方便
又容易将手划伤
设计者或制造者
没有经验和常识
却不缺胆量
生硬的变形
添了一分矫情
少了一点思想

床板，平平
餐桌，圆圆
笔锋，尖尖
这些才是应有的形状

2020.4.15

14

阳光

每天都见到阳光
会觉得平常
一旦站在黑影里
却心里发慌
好多事情
也是一样
做什么
到什么地方
千万能见光

2020.8.8

卢沟桥

卢沟桥
中国古代北方最大的石桥
十一个拱券洞门和斩凌剑
分开永定河翻滚而来的波涛
桥上两侧望柱二百八十一根
一点四米高
四百八十五个大小不等的石狮
将全长二百六十六米、宽八米的桥身紧紧拥抱

作为著名的燕京八景之一
卢沟晓月家喻户晓
每当黎明
斜月西沉
涧水如练
月色倒映水中，站在卢沟桥上
可以欣赏"一天三月"的旷世奇妙

然而
1937年7月7日
三个7字相连

成了不祥的先兆

四百八十五个石狮

并没能阻止日本军国主义的侵略

我们民族的宽厚和善良

也没有让军国主义分子放下举起的屠刀

忘不了日寇屠杀三十万南京同胞

和惨绝人寰的三光政策：杀、抢、烧

忘不了杨靖宇将军的壮怀激烈

和赵一曼临刑前高呼的口号

忘不了毛泽东为纪念戴安澜将军赋诗《海鸥将军千古》

和张自忠将军的抗日壮举

忘不了永定河的咆哮

点燃了全民族抗战的火苗

忘不了太行山上

八路军战士刺向日寇的大刀和长矛

忘不了延安窑洞的灯光

把持久战的道路照耀

忘不了平型关、娘子关让日寇胆寒

也忘不了台儿庄大捷的喜报

本色

偶尔下厨
看妻子一遍又一遍地刷锅
我不解地问
何必花那么大力气

她生气地说
你没看到经过烟熏火燎
锅已不是原来的样子
我猛然省悟
许多事物
人们希望看到的只是本色

2020.4.11

并非多多益善

和官职不同
多了不一定是好消息
家里的居住面积越来越大
却越来越拥挤
更糟糕的是
经常找不到自己需要的东西
衣柜上，墙角旮旯
堆满了越来越多的"垃圾"

岂非咄咄怪事
多却减少了效益
很像各种诗刊杂志越来越多
却找不到李白、杜甫、苏轼和李清照一样的诗句
难怪网络上和朋友圈里
谎言和谩骂遮蔽了真理

2020.4.12

眼镜和眼睛

几年前配制的高档眼镜坏了
不过
我也没有着急再配
因为即使眼镜正常
如果眼睛蒙尘
像很多人一样
也看不清
这个世界纷纷扰扰的真相

2020.4.5

失眠

凌晨四点起夜后
又一次失眠
以前偶尔遇到特殊情况
才会发生的事情
怎么不知不觉
近来却成了习惯

以前偶尔失眠会焦躁不安
担心身体有恙
找医生问长问短
时间久了
竟然变得坦然

失眠成为一种习惯
习惯了也就坦然
坦然成了习惯
也就习惯了失眠

2020.7.5

遗憾

这么多年旅游
留下最多的竟然是遗憾

只记得长白山
天池的水特别蓝

黄山的天都峰
有让我望而却步的陡险

泰山有一个南天门
通着玉皇大帝的金殿

雁荡山脚下月色中转过身来看
可以看到双乳峰的奇观

五台山不高
却有众多普度众生的仙
……
再记住的就是上山下山
下山上山

没有留下只言片语
不能不说是一种遗憾

原因只有一个
忙碌中丢失了诗的语言

2020.8.3

又起风了

记得诗人娜夜写过一首诗
《起风了》
吹过了芦苇荡
野茫茫一片
但她没说风吹的方向
今年春季
这又起风了
先是从南向北吹
后来又从东往西吹
不仅芦苇荡
连诗人的头脑
都是一片野茫茫

2020.4.3

解封

解封

两个不寻常的字眼

2020年4月8日零时

值得纪念

武汉封城

76天

上演了苦难

也孕育了不凡

解封

浸透风霜和汗水的字眼

4.26万名援鄂医疗队员的逆行

全国各地的无私支援

武汉人76个日日夜夜的坚守

白衣战士分分秒秒的鏖战

社区工作人员辛苦的付出

快递小哥汗水浸透的衣衫

解封

充满期盼和希望的字眼

武汉与祖国

血脉相连

樱花盛开

映射中华文化血浓于水的璀璨

山水泼墨

描绘中华民族不朽的精神画卷

2020.4.8

看到的，听到的

在不同的场合
常常会发现
朋友、同事
乃至亲人之间
为了一些事情
激烈地争辩
一方以为真理在握
另一方却认为对方胡搅蛮缠
若你认为他们都是故意而为
那可能失于简单
其实人们看到的、听到的
乃是他们希望看到的、听到的
所听所看
乃所愿
"你认识的世界是被你认识的世界"
乃是康德的思辨与名言

2020.8.27

石头的妙用

古代石头
用来做刀剑
或者磨盘

近代石头
用来垒墙
或者砌堰

坚硬
耐腐
天生的特点

现代石头
竟成了诗的代言
写石头的人
何止万千

我不知道
是气候变暖
石头变软

还是环境污染

诗人换了心愿

2020.5.11

潭柘寺

闲着没事干
去潭柘寺游玩

它位于北京西部的潭柘山麓
距今已有一千七百多年

西晋时期寺院初名"嘉福寺"
另一朝天子将其定名为"龙泉寺"
金熙宗将其改为"大万寿寺"
清代康熙皇帝赐名为"岫云寺"
……
民间却一直称为"潭柘寺"
因其山上有柘树
寺后有龙潭

看来不是所有事情都是皇帝说了算
有些东西
真理在民间

2020.5.14

编辑

完稿的那一天

我把诗稿看了又看

确信没有了错误

才发给出版社的助编

稿件一审退回的时候

自己傻了眼

满篇都是红笔留下的痕迹

圈圈点点

那么多错误

自己竟然没有发现

二审回来的时候

发现句子又一次精练

不得不佩服他们的职业精神

和无私的奉献

因为他们的耐心

反复地提炼

出版的作品

才让读者爱不释手、百读不厌

他们和作者一起

打造出文学殿堂里一顶顶璀璨的皇冠

2020.5.22

谣言

谣言
为什么飞满天?
造谣的
不仅在刷存在感
而且靠流量
骗钱
信谣和传谣的
为什么屡见不鲜?
并非不明真相
这么简单
哲学上的寓意
所想乃所见
一个人传播的东西
折射了他内心的光明与黑暗

2020.3.19

诗的意义

什么是诗

公认的东西似乎只有

分行书写

这一条比较清晰

还有像现在这样

去掉标点符号

以免被人挑剔

主题不含蓄

由于现代诗歌

戴上了各种各样的面具

以致让我这样不懂诗的人产生一个错觉

别人看不懂

才是诗存在的意义

2020.4.7

伪装

——写在国际禁毒日

海洛因、摇头丸、麻谷

K粉

冰毒——毒品之王

……

有的圆片状

有的形似冰糖

有的像花片

有的粉末样

有的呈纯白

有的呈玫瑰红

有的呈苹果绿

有的呈浅橘黄

都会让人兴奋

幻想

损害心、肝、肾，致死亡

其实它们的母体都是黑色

因为需要
才披上了伪装

原来如此
外表越漂亮的东西
越要看看
是不是伪装的模样

2020.6.26

如果每个人都是诗人

如果提起笔

没有一点韵律

随便写出一些零散的句子

只是做了分行的处理

甚至有很多无论怎样联想

都猜不出含义的语句

贴上灵魂深处呐喊的标签

既无歌颂也无警示的意义

多少有点像玩偶

或者梦中痴语

人人可以自诩为诗人

照此下去

人人都是诗人

等于没有诗人

这是很多诗人

至今还没懂的道理

2020.5.23

总有那么一天

不得不说
如果没有一点规范
总有那么一天
诗人会因放纵的联想
凌乱无序的语言
无病呻吟的所谓个性
没有逻辑的推断
埋葬自己
也玷污诗坛
人们心灵里曾经的圣殿
可悲可叹

2020.4.19

哑巴

诗人张二棍写过一首诗
《聋》
认为很多人是先天就聋的
有人是慢慢变聋的
还有人听见了
却装作没听见

无论怎么聋的
都是不说话

我怀疑
张二棍的识别能力差
他们其实并不聋
而是装哑巴

2020.8.22

别随意涂抹亲爱的祖国

我们常常用亲爱的妈妈

比喻我们的祖国

她像妈妈

孕育了你我

这里包含着

祖先

和山河

尊重

和承诺

依恋

和寄托

所以

无论什么人

无论信仰什么

都不能假借任何名义

以任何方式

随意曲解和涂抹

亲爱的祖国

2020.9.29

胡杨

我印象中的胡杨

生长在沙漠里

长得粗壮

带着满身的伤痕和风霜

耐风沙

抗旱

性格里都是坚强

可太太发过来的照片

却和想象中的不一样

它那样妩媚

枝叶纤纤

倒映在水中一片鹅黄

原来胡杨

也可以生长在水上

在美丽中

藏着倔强

哪一天

我也要去看看

玉树临风的胡杨

怎么会享有千年不倒和不朽的

荣光

2020.9.24

清晨的荷塘

好多年了

没有清晨来过荷塘

今天送她走后

我又站在荒岛上

天边阴云密布

林中偶尔传出鸟鸣

细雨霏霏

落在已经泛黄的荷叶上

两只鸟儿

在水面上嬉戏

我不知道

它们是否真的是鸳鸯

雨中的清晨

有一点凉

但我知道

此刻

坐在车里的她

却感到暖洋洋的

因为窗外

正在洒下久违的阳光

2020.9.24

两箱苹果

今天收到两个纸箱
打开包装一看
苹果又红又大
果香浓郁

一看寄件人
惊呆了自己
怎么又是他
留言上写下：略表心意

理由又那么简单
仅仅是因为多年前
作为他的任课教师
我在他的著作上写了一个序

送人玫瑰，手有余香
香飘经年
香飘四季

2020.10.27

雾

雾
将时光亵渎
小则
看东西模糊
大则
将真相遮住
然而
无论大雾
还是小雾
风一吹
太阳一出
也就散了
这是它
虚无的缘故

2020.9.12

感念

天上
白云朵朵
透出空旷的蓝
初秋的风
送来舒适的暖
蝉鸣悦耳
欢声一片

我知道
这些都是弟子们的感念
拨动我的心弦

2020.9.11

伟人

伟人
意味着超群
生
不一定惊天地
走
却一定泣鬼神
思
掀起历史的风云
行
改变多少人的命运

吾等小辈
愧望尘

2020.9.9

向日葵

小时候
只知道向日葵瓜子
好香
并不知道葵花油
有丰富的营养
更没有觉得这种普通的花
值得颂扬
后来才知道
它会向着太阳开放

因为向阳
整齐划一的力量
葵花
成了其他花卉的榜样

2020.9.5

名言

电视剧《范府大院》
不算好看
却剑走偏锋
留下了一句名言：
中国人活着都不怕
还怕死吗？
足见，那个年代
国人活得有多艰难
而今
活得好了
怕什么
也就成了自然
一句话
沧桑巨变

2020.9.3

银杏树

晚秋的银杏叶
一片片的鹅黄
它以柔和的美
吸引了无数游客的目光
以至人们忽略了
挺拔的树干
蓬勃向上
一身的阳刚

2020.10.29

清华园的秋色

晚秋

学堂路两侧的银杏树

叶子变成一片鹅黄

金灿灿的

那么夸张

与枫叶的红

和松枝的翠

相得益彰

衬托二校门的白

洁净如霜

清华园的秋色

又一次吸引人们的目光

奢 望

雁荡山的回忆

那是一个傍晚
导游小姐本想设计一个谜团
在朦胧的月光下
让我转过身回头向上看
还诡秘地问：
"可有什么发现"
"双乳峰，双乳峰"
我毫不犹豫地大声喊
她竖起拇指
夸赞我眼力不凡
其实这不是我的眼光多敏锐
而是与生俱来的对母爱的眷恋

2020.8.3

记得

记得
我想按原计划2月9号从费城回国
女儿疾言厉色：
你急什么
等疫情好转再说

记得
我第二次计划3月29号再回国
女儿的意见又一次和我相左
她说美国这里风险太大
尽早回国

记得
危难时刻
女儿的无私和磊落
她的一留一催
就是对我最深情的诉说

2020.3.17

白衣

过去
我一直不喜欢白衣
不如黑色和灰色那般深沉
也不像红色和蓝色那样艳丽
不够时髦
有时还显得土气
像白色的阳光一样
朴实得有时竟没引起注意

意外的改变
疫情的来袭
第一个吹响哨音的人穿白衣
断言存在人传人的钟南山先生穿白衣
强烈建议武汉封城的李文娟女士穿白衣
还有从全国各地支援湖北抗疫的逆行者也穿白衣
第一个将我们接来尘世的穿白衣
最后一个将我们送向天国的还是穿白衣

由此我明白了一个道理
怎样测量实与虚

天边的云霞固然壮美

送来甘怡的却是身边的小溪

发光的不一定都是金子

真理与谬误只有一步的距离

霓虹灯光和雨后彩虹

看过去的确瑰丽

但只有白色的阳光

把温暖和生机无偿地奉献给了生命和大地

这是天使穿着白衣

冒死透给我们的人间秘密

2020.3.2

女儿的赞扬

因为助人或无私的交往

受过很多朋友和亲属的夸奖

也因工作成绩和奉献

受过官方的表彰

高兴自不必说

但从来没有让我感到喜从天降

及至今日我的诗集出版

女儿一个"太牛了"的赞扬

却出乎我的意料

让我欣喜若狂

我想到了大洋彼岸的女儿

距离和矜持的力量

我们需要太阳

也需要星光

2020.8.2

伟大中的平凡　平凡中的伟大

2020年1月20日
钟南山先生新冠病毒人传人的建言
堪称伟大的判断
从那以后
中国打响了新冠肺炎的阻击战
而后他又深入病房和社区
冲在抗击疫情的第一线
以84岁的高龄和精湛的医术
诠释了伟大中的平凡

而数万名普通的医生和护士
逆行千里抵达病毒肆虐的武汉
我们并不知道他们的名字
他们头上也没有耀眼的光环
却冒着被感染的巨大风险：
为患者插管和吸痰
以无悔的青春
写下用生命守护生命的壮美诗篇
平凡中的伟大
像伟大中的平凡一样耀眼

2020.3.18

节日和节气
——立秋的感想

一年四季
如果没有节日和节气

就像一天
没有落霞
也没有晨曦

就像乐章
没有节奏
也没有旋律

恰似人生
没有出生
也没有结局

更像一首蹩脚的诗
只有僵死的句子
没有呼吸

节日和节气
人类一个聪明的设计

2020.8.7

奢望

顾城说：
黑夜给了我黑色的眼睛，
我却用它寻找光明。

北岛说：
卑鄙是卑鄙者的通行证，
高尚是高尚者的墓志铭。

而我说：
终有一天我的一句诗，
在诗坛上石破天惊！

历久弥坚的，
乃思想，
乃德行。

2020.6.18

父亲的信条

父亲对我的教导
有一条记忆深刻
"万般皆下品
唯有读书高"
但他在世时
我一直认为这句话是封建的唠叨

然而
后来读书却是我一生的爱好
今天
如果他知道
别人介绍我是一位诗人的时候
我希望在天堂的父亲能开心地笑一笑

2020.6.21

国宝

熊猫
成为中国国宝
最重要的原因
当然是稀少

除此，还有它的体态
和爱憎分明、黑白相间的皮毛
它有吃苦安睡的好习性
见人接物时憨态可掬
它没有攻击性
对街坊四邻天生友好

熊猫
和平的象征
中国的国宝
也是世界的宝

2020.8.10

不等式

知名度高不等于好
这一点常常被忽略
美誉度
往往更重要

知名度高×美誉度高＝好
知名度低×美誉度高＝次
知名度低×美誉度低＝糟
知名度高×美誉度低＝更糟

2020.8.15

镜子

有的人

假聪明

看自己的长处

用放大镜

看别人的缺点

用显微镜

看红颜

用三棱镜

看近处

用望远镜

从来不用反光镜

人生就是一面哈哈镜

2020.6.19

艾草·粽子·屈原

小时候
不知道为什么去采艾草

长大了
知道为了辟邪才去采艾草

小时候
不知道为什么端午吃粽子

长大了
知道为了纪念屈原才吃粽子

人老了
才知道

因为有邪
才采艾草

纪念屈原
因为屈原太少

2020.6.25

65

形而上

忆往昔
追求的东西很实际
比如薪酬的多少
还有住房的面积
外在的影响
职务的高低
财富的占有
却掩不住空虚

近期
读哲学、写诗句
探讨梦的形成
还有存在主义
人为什么生
又应该怎样死去
都很虚无
却乐在其中不知所以

的确
物质并不是万能的

形而上

也许更具魅力

2020.6.2

茶的味道

近几年喝茶
无论红茶、绿茶、花茶，还是普洱
只要是中国茶
入口后都觉得清纯和润滑

这让我感到莫名惊诧
我的味觉何以有如此大的变化
以前的茶叶水
明明是苦的呀

记起儿时在老家
井里的冷水很冰牙
明明自己觉得爽口
却常常惹城里人笑话

七十年代在县城
汽水人人夸
八十年代以后
可口可乐和咖啡又涌入万户千家

原来味觉也不诚实
它也喜欢附庸风雅
我们喝的饮料
原来是文化

终有一天
中国茶会香飘天下

2020.6.22

井底之蛙

还记得儿时的故事吗
井底之蛙
它抬头望天
说天有一个井大
当时听了
觉得只是一个笑话

今天管理学者群一篇文章
涉及一种花
花还没有凋谢
作者心中的偶像却已坍塌
也许他早该知道自己捧上的那些桂冠
是一戳即破的面纱

由此我警醒
随便贴标签的人不是别有用心
一定是井底之蛙

2020.6.5

六一有感

今天是六一
阳光明媚、微风和煦
但天气预报说
傍晚有大风和阵雨

这样一条消息
触动了花甲之年的思绪
都说人生如歌
又何尝不像星辰和天气

儿童似朝阳
清晨从东方升起
老年沐晚霞
也伴着黄昏的风和雨

回首往事
几多唏嘘
唯有当年的童趣和童心
最难忘记

2020.6.1

《草原文摘》让家乡的一切活起来

偶然结识了一个新朋友
《草原文摘》
她每天给我讲家乡的故事
怎样从沧桑的历史中走出
又有怎样的梦想和未来

她讲谷子吐穗的喜悦
荞麦花的纯白
玉米是如何灌浆
大豆随风响铃的豪迈

她讲村边的小河
如何实现对麦田的灌溉
也讲磨坊里妈妈艰苦的劳作
豆腐醇香的由来

她讲儿时怎样捉迷藏
为吓唬小伙伴怎样装神弄怪
也讲邻居家的趣闻
失学孩子在学校大门前的徘徊

她讲自己的中小学教师
用烛光照亮我们的青少年时代
春蚕的精神
融入中华的血脉

……

由于这个新朋友
《草原文摘》
我的家乡的一草一木
一砖一瓦
都在眼中活起来

2020.6.20

丽江

近日去云南
却没有去丽江
原因很简单
我想留下一点向往
而不是像以前
留下太多的失望
如青岛的天价大虾
黑龙江的雪乡

及至看到侄女丽江旅游的录像
我才惊讶地发现那是活脱脱一个小西藏
蓝天白云
远山层峦叠嶂
碧波荡漾
倒映两岸旖旎的风光
丽江
我心中透明的地方

2020.8.11

反省

我把自己写的一篇纪念文章
发到弟子群里
希望他们以周先生为榜样
厚德载物、自强自立
但却是泥牛入海
悄无声息
这才意识到别人推介的思想和产品
为什么在自己这里也常常碰壁
你觉得好的东西
别人未必有兴趣
别人津津乐道的
你也要珍惜
三人行必有我师
知易行难的道理

2020.7.16

选书

不知道什么时候开始

书店和网上选书

少了愉悦

多了痛苦

有的书名触目惊心

有的书名禅意十足

表现手法不尽相同

但都是语不惊人死不休

常常挂羊头卖狗肉

别有所图

呜呼呜呼

难怪明茨伯格提醒

　"读平庸的新书，

不如读精彩的旧著"

2020.6.17

语言的奥妙

一个众所周知的故事
抽烟与祈祷
你若问祈祷时能不能吸烟
神父和信徒认为你大逆不道
你若问抽烟时能不能祈祷
他们会对你报以鼓励的微笑

对明显发胖的人
要说未来的福分不小
对近期变得黑瘦的人
要说怎么锻炼的这么苗条
一些男人爱对别人说
自己的妻子或女友是小蛮腰

类似的故事
还有很多
呜呼呜呼
原来语言可以带来美妙
也可以是非颠倒

2020.6.28

成也萧何 败也萧何

人类一大发明
网络
可以将任何消息
快速传播
不是一日千里
而是瞬息即可

祸起萧墙
可能只因言行不妥

一分钟前美若天仙
一分钟后可能狗屎一坨
一天前春暖花开
一天后秋风萧瑟
可以让人一举成名
也可以让人万恶不赦

成也萧何
败也萧何

2020.8.9

伞

家里有很多伞
但北京很少有雨天
经常路上下雨了
却没有带伞
有时带伞了
却是大晴天

出门带不带伞
决策有点难
天天带上
麻烦
哪天不带
却可能大雨如注

这很像小概率公共卫生事件
防范狼来了
狼却不见
不防范
狼真来了
狼藉一片

想来想去
出门还是带上一把伞
不怕一万
就怕万一

2020.6.23

大吃一惊

端午节
人们过得喜气洋洋
除了吃粽子
赛龙舟
还有就是吟诗、作画和写文章
纪念一位伟大的诗人
忠君、报国
和举贤修法的思想

但想到他以身殉国的方式
不是战死在疆场
也不是鞠躬尽瘁的累殇
而是纵身投入汨罗江
大吃一惊
忠臣良将原来都是后人的封赏

我痛恨
不纳良言的楚王
我疑惑

当时的楚人对屈子是鄙视还是赞扬

……

2020.6.27

事与愿违

年轻时困倦
想多睡会儿
却没时间

年老时有闲
可以多睡会儿
却无眠

年轻时嘴馋
吃嘛嘛香
却没钱

年老时攒了钱
想吃啥可买啥
却难消化

感慨万千
日子在变好
却无言

2020.5.30

习惯

以为早饭之后
办公室里上班
中午
学校的餐厅就餐
晚饭后
操场上跑步和锻炼
是自己伟大的坚持
船上扬起的帆

春起
这些都不得不中断
家里一日三餐
室内走走串串
结果体重未减
容颜未变
原来很多东西不是必要
只是一种习惯

以后再有人说假话
或街上吐痰

或奉承上司
或取悦红颜
我将不再介意
他们也只是一种习惯

2020.6.9

垃圾分类

世界上有很多诚实的垃圾
可回收的
不可回收的
还有厨余的
但它们都贴上了真实的标签
没有掩饰自己
所以经过简单的加工
就可以将它们清理
或变成肥料
或变成工具

世界上还有很多狡猾的垃圾
上面都是冠冕堂皇的标记
多数不可回收
而且刻意掩藏了本体
一旦排放出来
就很难除去
毒化的是大脑和心灵
甚于伤害人的肝和脾
它们就是身着五颜六色的外衣
隐身在书籍、影视和讲话里文化的垃圾

原来诗意如此辽阔

有人写天体
也有人写蚂蚁

有人写豪宅
也有人写蜗居

有人写药方
也有人写秘籍

有人写石头
也有人写鸟语

有人写佛经
也有人写禅意

有人写长空
也有人写大地

有人写实
也有人写虚

诗意如此辽阔

拾遗可知悉

2020.7.17

视频会议

视频会议
可以跨越地域的藩篱
无论天南海北
北极还是南极
只要网络一通
随时可以召集

视频一关
坐姿也可以随意
如果有人讲话啰唆
也可以逃席抗议
不仅省去了差旅住宿
又提高了效率

唯一的遗憾
就是少了面对面的相聚
听不到如雷贯耳的掌声
讲话的人会感到无趣
时间太久
可能失去凝聚力

还有另外一弊

就是容易受到黑客的攻击

网络瘫痪

组织泄密

真乃有利必有弊

2020.7.2

还是要说点人们容易懂的话

创作是个体的

每个人有每个人的手法比喻

夸张

隐喻

拟人

魔幻

科幻

……

都不差

千不差，万不差

给人听，给人看的东西

还是要说点人们容易懂的话

2020.8.17

小草的烦恼

我不知道

为什么

成了明星的演员常常说

当个配角挺好

公司大管家常常说

少操点心最好

著名的教授常常说

少点虚名最好

他们可能忘了

小草在参天大树下

常常被人忽略

也缺少光的照耀

本是委屈地求生

却背负着世界

硬塞给自己的荣耀

是小草的烦恼

假话

听到商人说：

"一个人要那么多钱，干吗？"

我欣赏他们的豁达；

听到艺人说：

"一个人总演那些无聊的戏，干吗？"

我羡慕他们的芳华；

听到学者说：

"发表那么多无病呻吟的文章，干吗？"

我赞赏他们的儒雅；

直到听到骗子说：

"人活在世，骗人干吗？"

我才明白：

很多人说的原来是假话。

2018.6.22

颂秋的荒唐

颂秋的诗

千行万行

细细品味

都是一个样

无非就是枫叶的红

银杏的黄

回归的大雁

还有秋色染过的河流和村庄

……

真正让人感觉舒服的东西

却被诗歌遗忘

那就是15－28摄氏度

少有人颂扬

表象和真相的颠倒

颂秋的荒唐

2020.9.22

红辣椒

小时候
误以为
它只是自己的器官
大了
羞于人言
老了
才知道
成熟也可怜

2020.9.20

流浪猫

一只流浪猫
从我面前一窜而过
打断了我的思索

它是被谁遗弃
靠什么生活
谁该负责

恰像
我现在的写作
没有着落

重复别人说过的
心不甘
写超越别人的
少灵感，不敢

这多像
那只流浪猫
失了家园

2020.9.19

无事生非

成语"无事生非"的原义：
本来没什么事
却人为地制造麻烦

而我发现
人工作又忙又累的时候
往往不会产生杂念
忙完了今天忙明天

一旦赋闲
情况会有变
很多人的思想和行为
会在这种时候冲出底线

真正是"无事生非"
这是成语"无事生非"之我见

2020.9.6

耳朵

我的耳朵
不太帮忙
好听的
不好听的
啥消息都往里边装
好消息
不夸张
坏消息
也不隐藏
而且对谁
都一个样
我希望两只耳朵
不是这么长
而是有过滤的能力
只挑好的藏

2020.9.8

美的距离

必然

据传
牛顿因为看到苹果从树上掉下
才有了万有引力
这一伟大的发现
柏克勒尔在一次试验中
偶然发现了荧光物质也会发射X射线

海明威说
苦难的童年是作家的摇篮

然而
看到苹果掉下的人何止万千
有多少人做过荧光物质的试验
又有多少人被童年的苦难压弯了腰杆

也许
机遇偏爱有准备的头脑
"不积跬步，无以至千里"
才是普世的箴言

正像

饱满的情感

浮想联翩

再加上适当的训练

写一首诗

记录心灵的呐喊

也就不足为怪

成了必然

2020.8.31

表哥的漫画

表哥的漫画
只有寥寥几笔

没有鲜艳的色彩
却有黑白分明的对比

画面虽简单
透出的却是大道理

人未必知道自己怎么来
却应该知道怎么去

这是未曾谋面的表哥
给我的启迪

2020.5.8

圣人

圣人云：
"三十而立，
四十而不惑，
五十而知天命"

轻视它
那是少不更事的年龄

理解它
费了近半生

花甲之年
才懂得
那是只有圣人才能做到的事情

2020.8.5

书山学海

书是山
但不是只有一座
爬过了这一座
还有下一座
你爬过的山越多
前面的山越多
如果你不爬
只有山一座
也许并不高
却堵住你的路

学如海
但不是一片海
游过了这一片
还有下一片
你游过的海越多
前面的海越宽阔
如果你不游
前面就是一条河
即使并不深
却将你淹没

2020.6.6

夜半听雨

夜半醒来
听到外面正在下雨
有时电闪雷鸣
有时感觉淅淅沥沥
更多的时候是落在树叶上的沙沙声
伴随夜半的静寂

我仔细听
想分辨出润物细无声的雨
桃花带来的雨
山色空蒙的雨
和几点摧花雨
但却只听到
一些零敲碎打的雨
常常打断我凌乱的思绪

猛然醒悟
那都是他们心中的雨
风再怎么吹
都不会落进我的宅院里

2020.7.9

蝉鸣窗外

我正在读诗
妻子大叫
快过来，快过来
看看窗外
原来
一只蝉正趴在玻璃窗上
高声鸣叫
知了知了
当我向窗口走近
想仔细观察它的羽翼时
它却果断地飞去
我很纳闷
它怎么知了
我刚刚写诗
还写不出夏蝉求偶的味道

2020.7.26

母亲节的联想

不得不承认
需要一些节日和仪式提醒你

比如母亲节
对平时比较粗心的子女

没有一点时间关注父母
照顾小孩却有更多的精力

对自己的孩子体贴入微、有求必应
对父母的要求往往置之不理

忽略了自己从哪里来
也忘了未来自己往哪里去

用青年时代的言传身教
为老年的孤独埋下伏笔

2020.5.10

北京的夏季

北京的夏

长长的，高傲而有趣

早早地结束

春的记忆

像北方的汉子

有超常的魄力和火气

向塞外让出了风

也向江南让出了雨

只把火热

留给了自己

它缠绵夏的绿色

不肯轻易离去

铆足了劲

准备迈进金黄的秋季

2020.8.29

北京的雨

北京的雨
也是淅淅沥沥
时大时小
时缓时急

报道北京的雨
央视播音员加重了语气
朋友圈里
还有很多逗趣的消息

作为半拉北京人
感觉也是自豪的
北京的雨
下得夸张又有趣

2020.8.13

美的距离

妻子告诉我
网上有一条消息
申请离婚的人数急速增加
原因：居家隔离
刚刚可以享受一点室外阳光
却又迎来情感的暴风骤雨
妻子问我这是为何
我笑而无语
暗示她
居家生活消灭了美的距离
我当然知道
自己的笑容一定很诡异

2020.4.6

最好的比喻

一首诗

收入一本经典诗集

这样一件小事

却被朋友赋予了不同凡响的意义

他传来一张照片

长安街的日出和晨曦

寄意一位诗坛巨星的崛起

尽管我知道

这是世界上最夸张的鼓励

但仍然忍不住

心头的窃喜

觉得这就是

世界上最美的图像

最好的比喻

2020.4.8

雨伞、雨靴和诗人的对话

雨伞：

"你不为别人挡风遮雨，

谁会把你举过头顶？"

雨靴：

"人家把全身托付给了我，

我还计较什么泥里水里的？"

诗人：

我戴着诗人的桂冠，

为什么没有写下这样优美的诗句？

2020.8.18

鼓励

鼓励
来得出奇不意

仅仅因为在朋友圈
发了自己写的几行诗句

学生和朋友的点赞
铺天盖地

以前不想打扰别人
也怕影响自己

孰料
朋友圈藏着巨大的潜力

他们送我的玫瑰
余香四溢

2020.5.2

宅在家里很好

终因特殊原因

中断了三十年前开始的"竞争长跑"

避开了觥筹交错

还有聚光灯下的喧嚣

清晨宁静地看绿荫

将温柔送给小草

听夜晚星光

偷偷地溅落在树梢

思考老子和苏格拉底

谁的哲学更早

也下厨房

看妻子怎样煲汤和配料

突然觉得

宅在家里很好

2020.4.2

眼睛

特别熟悉的事情
你却未必明了
比如
你要用眼睛
看东西
别人看你时
也是先看你的眼睛
这是眼科专家告诉我的
我当时
竟吓了一跳
的确
眼睛看到的事物
往往比耳朵听到的更可靠
你的眼睛
也会透露你心灵的秘密

2020.8.12

降央卓玛

那次偶然打开电视机

听到了降央卓玛的歌曲

也就是在那一刻

我才懂得了天籁之音的含义

从那以后

无论在家还是在外地

无论是忙还是闲

无论是晨还是夕

只要稍有空闲

就会听两首她演唱的歌曲

夜深人静或百无聊赖的时候

我会让她一直唱下去

有时它是高山瀑布

有时它是身边静静流淌的小溪

悲伤时送来安慰

兴奋时送来鼓励

有时像疾风

有时似耳语

送来蓬勃的力量

美的旋律

成果如花

人生如梦
成果如花
花来自苞
苞如孵化
苞长于芽
芽如开发
芽生于种子
种子如想法
激励如施肥
管理除草杂
文化如土壤
营养不能差

2020.7.29

回忆

记得，四十年前
这里是一个狭窄的陡坡
只能步行
或者骑自行车或者赶畜力车
有一次自行车闸失灵
带着我向沟底冲去
我只得扭动车把
把自己从车上摔下
还有一次我赶的毛驴车翻车了
差点闯下大祸

而今，我和妻子走的这条沥青路
平坦而宽阔
很像婚后老夫妻的生活
安逸祥和
只是缺少了一点刺激
和那么一点惊心动魄

2020.8.17

距离

很有趣

妻子从隔壁卧室给我发了个信息

盛赞一位医学专家

离鄂返京后写的诗句

我也是教授

即将出版一部诗集

似乎妻子并没有惊讶也没感到好奇

这件小事

对我有特别的意义

我真正懂了一个汉语词

距离

2020.4.30

泼水

曾经以为
一群人用盆子在水池里
互相泼水
粗野而无趣

但有一次
在西双版纳炎热的夏季
几个调皮的学员
生生地将我拽了下去

几盆水从头到脚泼下来
我成了一个不折不扣的落汤鸡
那一刻
我才真正体会到透骨的凉爽和惬意

后来常常遗憾那天
由于人多
泼水时我没能够赤身裸体

就在此时

我刚刚完成了这首小诗

蓦然

又有了那种感觉和新奇

2020.8.22

人总是高估自己

前些年做摩擦学研究
觉得世界决然离不开摩擦力
从日常走路
到飞上月球和火星的航天器

后来从事管理研究
又觉得人们更需要战略管理
从家庭支出
到大国之间的博弈

现在欣赏和创作诗歌
觉得人类不能没有诗句
否则
只剩下没有灵魂的躯体

直到疫情蔓延
无路可去
更多地需要快递小哥
才发现人们常常高估了自己

2020.7.24

一场暴风雨

一场暴风雨
突然向北京发动袭击
没有掩饰它的狰狞
也没有矫情的细语
伴随闪电在云海中夺路而出
铺天盖地

风裹着雨滴
透过窗户打向我的身体
我没有像以前一样厌恶它的粗暴
却分明感觉到一种撕裂的快意
在阳光和细雨绵绵的日子中沉醉久了
有时也需要一场暴风雨

2020.8.18

担心

我坚持每天写一首诗
哪怕只是几句
到今天已经七个月
可是今天却感到无语
其实
到底写不写没有人会在意
而我只是担心一日不写
下一天惰性会延续
那么，我本来弱不禁风的诗
就会断了气

2020.8.19

扫墓

清明节前夕

我和妻子又一次去打扫墓地

除了烧些纸钱

还摆上糕点和水果祭奠

随风飘动的除了纸灰

还有我的泪滴

映入眼帘的是他们吃过的少得可怜的东西

几件屈指可数的冬衣

天堂的父母是否知道

儿子的心曲和悔意

岁月越久

我越希望有一个尽孝的过去

2020.3.31

后悔

星星诗缘网
隆重推出我的诗歌小集《偶然》
这让我高兴
只是感觉标题有点刺眼
——清华之光

夸张了，夸张了
我的几首小诗
哪有如此高的质量
戴上这样的光环
我怎么再走过荷塘
又怎么面对闻一多先生的雕像
将《七子之歌》唱响

但推出的前一天
他们征求了我的意见
我后悔
当时没有去掉这样的字眼
亡羊补牢
犹未为晚

下不为例

心里才会坦然

2020.8.6

困惑

最近发现诗歌

写石头、鸟、蝉、花、草和佛

很多

写人

却少得多

因为写它们

怎么写

它们都不会说

写人

写错了

惹祸

2020.8.19

等待

不同的食物
味道有差异

辣椒是辣的
醋是酸的
糖是甜的
盐是咸的

唯有不同的等待
等大学录取通知书
等考试成绩
等工作通知
……
等待的滋味
是一样的
焦虑

2020.5.6

还原

善良的人们
不懂雪的脾气
所以真相有时越是简单
还原越不容易
只要阳光透过云雾
雪自然还原为水滴
让历史告诉未来只是一种猜测
其实未来才会告诉历史的真迹

焦虑

出版一本诗集
儿时的志趣
今天却打上了奇怪的烙印

从决定的那一天起
不知道什么时候
染上了焦虑

有关进展和出版日期
每周去一个电话询问
合作方总是没有确定的消息

焦虑
会无声无息地来
却不会无声无息地去

2020.5.29

悲剧

有消息说
又一个男人坠落了

人间悲剧
周而复始地
玩着猫捉老鼠的游戏

女人的悲剧
总把自己当弱者

男人的悲剧
本来是弱者
却总被当成强者

2020.8.3

五一

缺钱了
才会珍惜以前的一点储蓄

失业了
才会留恋以前的工作很如意

孤独了
才会珍惜亲人朋友的陪伴和相聚

失恋了
才会体会花前月下的甜蜜

生病了
才会体会健康须臾不可离去

住院了
才会体会白衣天使的巨大付出和努力

垂危了
才会体会活着才是根基

隔离了
才会感到快递小哥其实挺酷的

需要了
才真正理解劳动的价值和意义

写诗了
才知道写一首好诗也不容易

2020.5.1

悟

礁石上

她坐在礁石上
海浪轻轻地拍击着峭壁
大海无垠
和天空连在一起
莲足出水
不染尘泥
我多希望化成一朵浪花
偷偷地向她扑去
揽玉入怀
悄悄地偷走她的红衣

2020.8.22

哪一天

哪一天

我真正地将你抱紧

我会用山一样的力气

吻住你的红唇

让我深情的泪滴

灼热你的双鬓

用颤抖的手

轻拂你的罗裙

再滚入一片沼泽

放飞囚禁的灵魂

一起轻声地呢喃

我化作雨，你化作云

2020.5.6

我在梦里等你

青岛有首诗
《我在青岛等你》
曾几何时
我那么喜欢它的韵律

记得花石楼残存的冬雪
栈桥迷蒙的春雨
崂山的夏凉
八大关五彩缤纷的秋季
掠过面颊的海鸥
甚至人行步道上硌脚的小石粒

记得福山的羊肠小路
一起哼唱的乐曲
还有巴东小镇的游泳池
白发苍苍的老妪
傍晚去海里游泳
汽车门外的更衣
坐在海边石头上听涛
黄岛路边石阶上的小憩

......

而今
这些都离我远去
但我仍然没有忘记在梦里等你

2020.7.18

我梦见了两颗虎牙

突见一只幼虎

伸出利爪

先搭着我的双肩

又咬破了我的面颊

当它张开嘴时

我明明看到了两颗尖锐的虎牙

但我没有觉得丝毫的痛苦

只是一种升腾中的热辣

我定神细看

它身上的条纹竟然美艳如花

……

梦醒

莫名惊诧

计算机屏幕上

入睡前翻看的一张照片

她嫣然一笑中

一左一右露出两颗小虎牙

2020.3.27

吻

记不得发生的前提
只记得轻轻地吻了你
这个情节不是在现实中
而是发生在前几天的梦境里

这不是我的故意
我只粗略地读过一次《梦的解析》
不可能超越弗洛伊德
将梦驾驭

但这的确又克隆了四十年前的相遇
迷恋你身材的高挑和皮肤的白皙
吻你一下的夙愿
陡然地从心中升起

奇怪的是
多年的疏离
梦中的吻
竟比现实来得甜蜜

2020.5.7

想

你的想断断续续
像小说
不知道啥时收尾
也难测结局
我的想连续
像短诗
只有一句
我……我不能写给你

2020.6.11

终生的歌

要爬的山不高
在我心里却永远巍峨
承载我的向往
生命的蓬勃

要涉的水不深
在我的胸中却是澎湃的河
挟裹不息的浪花
激荡起壮阔的漩涡

转身下山的时候
她喃喃地说
只要有机会
我们一定要重新来过

山巍峨
水壮阔
迷人的风光
终生的歌

2020.5.25

萤火虫的启迪

身高不足一米七
有什么不满意
萤火虫的体长
只有四至十八毫米

即使只活到八十岁
有什么不满意
萤火虫的寿命
只有五天至两个星期

写了洋洋万言
写出几个闪光的句子
有什么可自诩
萤火虫的卵、幼虫、蛹、成虫均是发光体

利用自己的一点特长
有什么了不起
雄萤在飞行过程中就发出特异性的闪光吸引雌萤
而幼虫用光警戒和恫吓天敌

一辈子没离过婚
有什么了不起
雄萤爱过一次后一两天内壮烈死去
雌萤也会在产卵后很快去寻觅

比比萤火虫短暂发光的一生
人类有什么了不起
它们爱的忠诚
早已超越人类的甜言蜜语

2020.4.23

微风吹过

北京炎热
骄阳如火
白天我打开4W的微型电扇
让微风从我的面颊吹过

晚上
风小时
我打开窗户
让微风从我的床头吹过

夜阑人静
睡眠前
我听她低语
让绵绵之音从耳边飘过

也许别人喜欢电闪雷鸣
狂风大作
而我喜欢微风
喜欢微风从我的身边吹过

2020.6.15

夏荷

淑女窈窕
漫步莲池
不负夏荷别样娇

书生含笑
情系人间
低吟浅唱渡月桥

2020.7.5

美好时刻

偶然向窗外望去

天边似燃起了大火

映入眼帘

红霞朵朵

大自然

竟然如此壮阔

我迅速拿起手机

将霞光和云影一同捕获

这多像人生

那些美好的时刻转瞬即逝

不容错过

2020.7.25

路边的小花开了

中午听到祖国的好消息
缓解了这些天的焦躁和痛苦
……
雨后的傍晚
我和妻子在宾大校园里散步
蓦然发现
路边的小花开了
白色的
一团团，一簇簇

2020.3.4

饮酒

我对酒一直不太喜欢
有点嗤之以鼻

今春突然脑洞大开
一改不饮酒的"陋习"

意外发生
有悲也有喜

据说
有伤身体

麻痹麻痹神经
却挺好的

麻醉
原来是个好东西

不分男女
无论东西

2020.4.30

对面的灯光

醉酒吟诗
睡得酣畅
一觉醒来
发现室内明亮
透过衣柜的镜子
可以看清自己的模样
地板上洒上了一层银色
我猛然想起李白笔下的月亮
抬头向窗外望去
原来是对面高楼的灯光
借着习习的凉风
透过了我的轩窗

2020.6.5

落败的也有英豪

蚊和虫
很小，但多得令人烦恼
室外室内
常常受它们叮咬

虎和豹
凶猛
濒临灭绝
自身难保

胜出的
因为乖巧
落败的
也有英豪

2020.7.1

身份证

第一次仔细观察我的身份证

一面有我的姓名、性别和民族

出生的年、月和日

还有办证时的住址

一寸的照片

十八位的居民身份号码

另外一面赫然印着

中华人民共和国居民身份证

和居民身份号码

还有签发机关

和有效期限

最醒目的国徽图案和背景的长城

凸显祖国的历史和强大

突然意识到这个小卡片

和我这个中国公民很融洽

比如办证的住址

二十多年才有变化

还有那张照片里的眼睛

和以前一样大

发型和皮肤

也没有卷起和刻画

现代美容术

我从来想顾无暇

尤其是国徽和长城

早已注定是我永恒的家

2020.6.8

时光
——五四的联想

想把自己扮靓
再去校园照张相

衣服换了一件又一件
却怎么也掩不住鬓角的霜
后脑的秃
脚上的鞋也不能遮挡

尤其是脑壳里的思想
早就变了样
一起变化的
还有看什么都模糊，却自认都看穿的眼光

时光的河
还是照样流淌
改变的只是自己
一部分的老，一部分的装

再怎么努力
也回不了原来天真的模样

2020.5.4

紫花地丁

傍晚的郊野公园

满目的春景

转弯处眼前突然一亮

原来是一片紫花地丁

在夕阳的余晖下开得那么娇艳

叶片上的露珠像紫色的玛瑙一样晶莹

它属多年生草本植物

没有地上茎

不仅花期长、耐寒

还有很强的土壤适应性

孤立时不像牡丹一样耀眼

拉手后却是一片靓丽的风景

也许这就是它为什么开紫色的花

沉默的性情

恰像头上的蓝天

衬托了璀璨的星

2020.4.29

走过荷塘

又一次走过荷塘
还是想看看
先生笔下的月亮
和别处的有什么不一样
因为路灯
明晃晃的
我还是没有看见当年的月光
由此我怀疑
这片荷塘
是否是当年的那一个
自清先生呢
又在哪里徜徉?

2020.4.20

照片中的位置

今天有了一个惊人的发现
就是在家庭成员的合影里
几乎没有一张自己站在中间

祖孙三代的合影
爷爷奶奶抱着孙女坐在中间
自己和妻子面带微笑
站在后面

小家的合影
总是女儿站在中间
自己和妻子笑容可掬地站在两边

希望有一天
自己也抱着外孙坐在中间
而女儿女婿面带微笑
站在两边

2020.8.15

悟

学习如爬山

累

又苦

知识如仓库

富有

会满足

能力乃技艺

勤

老马识途

悟即人生

透了

才超脱和幸福

2020.7.28

162

天赐之诗

午睡醒来
我正在惆怅
每日一诗的坚持
断了给养

突然
窗外雷声炸响
风卷着雨
扑进我的书房
雨大风急
带着2020年的疯狂
天赐的东西
总是令人猝不及防
我赶紧拿起笔
写下这样的诗行：

2020年
一切都变了样

2020.7.31

羽毛

尽管马路上、小区和商店里
行人和购物的人很少
女士们还是穿着漂亮的衣服
打扮得窈窕
原来
这就像小鸟
总是在不经意间
抖抖身上的羽毛
想到这一点
我又一次拿起笔
狠狠心
修改搁置的诗稿

2020.7.27

味觉

类似的小酒馆
吃的还是那些东西
墨斗鱼丸子
东北大拉皮
粉丝蒸扇贝
还有一条鱼

不同的是
感觉怪怪的
既没有一般朋友的随便
也没有红颜的亲密
味觉竟然透露了
不堪回首的过去

2020.7.19

他们担心什么

每次从国学四大导师雕塑前走过

我都好奇

他们紧锁双眉

都在担心什么

他们任教的清华

已经入了全球百强的花名册

曾经贫穷的家园

俨然已是强大的国

那么，也许他们担心

后辈学人不能独立站立

言语单调

不够学富五车

也许他们担心

后辈学人物质富有了

精神却贫瘠

没有自己的学说

也许他们担心

知识爆炸的时代

后辈学人的脑袋

却是空空的壳

2020.4.22

明前龙井茶

我有每天喝茶的习惯
却没有做过茶的功课
但由于职业的原因
大谈特谈品牌成为自己的风格

所以多年以来
朋友和学生送茶
都声明所送乃明前西湖龙井
清热、利尿、提神、生津止渴

还告诉我买的人多
送礼的人多
喝的人也多
所以明前西湖龙井茶特别火

终于有一天
我恍然大悟
除了产地不明外
其他都是真的

2020.6.10

蚯蚓和乌鸦

蚯蚓

环节动物门的陆栖无脊椎动物

人们喜欢它

不仅因为它营养丰富

可作为珍贵药材治疗多种疾病

还因为它可以人工养殖

蚯蚓不仅繁殖迅速

还可以处理有机废物、污水和生活垃圾

最重要的是

它寡言少语

所以授予其"生态系统工程师"和"地龙"的美誉

乌鸦

有较强的智力和社会性活动

行为复杂

有损于秧苗和谷物的生长

但也通过消除动物尸体等促进环境净化

嘴大喜欢鸣叫

声音简单粗哑

据说常常对不吉利的事件发出警报

令人惊诧
人们给它一个不雅的别名
老鸹

有时我想
有容乃大
我们需要默默耕耘的蚯蚓
但也不必轰走"夸夸其谈"的老鸹

2020.3.21

再谈高考

历史会和人开玩笑
越想要的往往得不到
当年特别羡慕大学生
偏偏没机会参加高考

所以高考会是什么感觉
一直在心头萦绕

也许它并不像长沙的臭豆腐
闻着臭、吃着好
而是像北京烤鸭
闻着香、架着烤

不同的年代
不同的考生
不同的感觉

2020.7.8

随游

写过礁石上
你的红衣
那些归途的燕语
温润若玉
而今未到黄山
却淋了一身黎阳老街的细雨
迷蒙的粉墙黛瓦
还有那件黑白相间的毛衣
含笑的双眸
衬托出儒雅和美丽
千山万水
并不是距离
这些都将伴随着笔墨书香
铭刻在我的记忆里

2020.10.18

花格衣

朋友圈的照片里
我又看到了
那天你穿的花格衣
轻轻的艳
柔软舒适的质地
恰当地突出了你
表里如一的美丽
从那一天
它已在我的脑海里
打下深深的印记
每当我看到花格衣
总想上前
拦住你

2020.10.17

拥抱

本想
只不过是一次礼节性的见面
但当我们走近时
却没有司空见惯的客套和寒暄
那么情不自禁
紧紧拥抱、耳鬓相牵
那一刻
她面颊上的红晕胜过万语千言
她的秀发
轻吻了我的双肩
一刹那
曾经的沮丧和疲惫烟消云散
感觉
两只臂弯
可以容下千年的沧海桑田
余下的
就只有淡淡的甜

2020.9.26

喝酒

奇怪
连续喝了几杯酒
微醺
却没多

猛醒
对面
她的脸上
有两个深深的酒窝

2020.10.6

特别的记忆

99年
——献给建党99周年

99年

对人类历史来说很短

只是瞬间

99年

对个人而言

很长

超过了多数人寿命的期限

99年

你历经磨难

血雨腥风

凤凰涅槃

99年前

东方大地上军阀混战

中华民族在苦难中挣扎

步履蹒跚

99年后的今天

在镰刀和锤子的旗帜下
14亿人的日子
地覆天翻

2020.6.29

特别的记忆

特殊的日子
留下特别的记忆
93年前的今天
反动统治的腥风血雨
催生了南昌第一声枪响
开辟了中华民族一个新的世纪

不要忘记
不能忘记
胜利者胜出
因为握住了正义
失败者败下
因为自己打倒了自己

2020.8.1

赞飞船试验船成功着陆

2020年5月8日13时49分
三朵巨大的红白伞
拖曳着中国人的自豪和骄傲
新一代载人飞船试验船
从天而降
书写了中国航天的新诗篇

飞船试验船
突破了七个方面的尖端

采用新型大推力单组元无毒发动机
HAN推进剂无毒、低冰点、密度大、比冲高、无污染

最大容积表面张力贮箱
为高速再入返回创造了充分条件

全面的综合电子系统
让飞船更高效地运转

更加智能的自主轨控技术

实现了多次自主变轨，精准操控的不凡

新型防热结构与材料
可以承受再入返回过程中上千度高温烧蚀的考验

群伞气动减速和气囊着陆缓冲技术
使返回舱的"软着陆"更加完整和安全

在轨数据获取系统获取的众多宝贵数据
为后继型号研制优化提供了重要借鉴

这不是一次简单的试验
而是中国人太空翱翔的新起点
我们由衷地为你放歌
中国人的骄傲——中国航天

2020.5.9

人和路

人生
就是选路
千万别马虎

有的路
看似泥泞狭窄
却通向巅峰和光明之处

有的路
看似明亮宽阔
却是罪恶和死亡的归途

人生之路
纵然漫长
关键却只有几步①

2020.8.17

---

① 此处化用了著名作家柳青关于人生的评论。

总会有你

我没有当兵的履历
也没有了解军人的好奇

但我却惊奇地发现
在一些特殊的场合
总会有你

正在鄱阳湖抗洪的人流里
挥汗如雨的
有你

在1998年长江堤坝上抢险的队伍中
冒死向前的
有你

在武汉疫情最严重的时候
将生命置之度外而逆行的人群中
有你

在湄公河毒品走私大案里

与毒贩周旋和生死搏斗的英雄中
有你

在大兴安岭扑火的日子里
与野火搏斗的
有你

……

在祖国和人民需要的时候
勇于奉献的
总会有你

写下这些
表达一份敬意

2020.7.13

医护人员

北京平静了56天
疫情再次反弹

防疫的关键
查找传染源
阻断病毒传播的路线
而要实现这一点
首先是要对百万计的人群
检测核酸
……

于是
我们看到了又一次逆行的医护人员
烈日下穿着防护服
冒着被感染的风险
成为这个特殊的夏季最靓丽的风景线

2020.6.20

社区工作者

很少想到你
曾经

你不像外科医生
柳叶刀维系着患者的生命
你不像武警官兵
总会看到他们和歹徒搏斗的身影
你不像消防战士
总能看到他们在火场上临危不惧的情景
你也不像学者和演员
可以在论坛和舞台上宣泄自己的感情

但因为疫情
我们多了一份清醒

是你送来了隔离时急需的东西
是你记录了我们活动的行程
是你每天在楼道里喷洒消毒剂
是你帮助很多家庭照顾老人和幼婴

......

你像轮椅和扶梯
也像一颗不松懈的螺丝钉
你像夏日里小区的一片绿荫
也像燥热时身边拂过的一缕微风

你是装扮夜空的璀璨
却没有留下名字的一颗星

2020.7.15

石头、沙袋和战士

原谅我们的粗心
平时对你没有注意
因为你从不张扬
常常默默无闻地待在角落里

在炫目的表演舞台上
在金碧辉煌的大厅里
在迎来送往的宾客中
在所有花团锦簇的场合下
都没有你

在2020年南方洪水滔天的季节
我们终于发现
当大堤出现管涌的时候
在堤坝冲开豁口的地方
在阻挡洪水进入村庄的围堰上
在救助孤寡老人的冲锋舟上
在湍急的水流中泅渡的人群里
在所有危险的场合中
都有你

当洪水退去

万家灯火祥和的时候

希望大家饮水思源

不要忘记你

2020.7.22

开学了

远山如黛
碧空如洗
树枝挂着欲滴的露珠
路边小草似也露出久违的笑意
蝉鸣悦耳
家长们终于松了口气
孩子们叽叽喳喳
又走在一起
开学了
都想高歌一曲

2020.8.24

190

一场特殊的战役

一场特殊的战役
新冠病毒借助看不见的武器
在世界各地
向全人类突然发起攻击
敌人扩张的速度
令人始料不及
几何级数的增长
疯狂得不可理喻

一场特殊的战役
不知道敌人在哪里
只知道它的名字叫新冠
却不知道它安营扎寨的区域
可能在家庭的居室
可能在公共办公的楼宇
可能在电梯的按钮上
可能在出水管道的管壁里
更费解的是
它行军的路线和载体非常隐蔽
可能是飞沫

可能靠触及
可能借助粪口
可能依赖空气
稍有疏忽
它就侵入你的腹地
攻击人的肺部
夺去人的呼吸

一场特殊的战役
打法也堪称奇特无比
传统的战役中为了麻痹敌人
或者为了鼓舞士气
有时会隐瞒自己的力量
或者敌人的真实信息
为了克敌制胜
常常将分散的力量集聚
但这些行之有效的战术
却不能在这场特殊的战役中沿袭
因为敌情越不公开透明
越是对公众和自己的麻痹
一旦放松了心理戒备
无疑等于撤掉了前沿哨兵的警惕

一场特殊的战役

需要不同于传统战役的思路和武器

传统的战法是靠拢与合围

这场战役却是分散和隔离

要阻断病毒传播的路径

确诊患者、疑似病例与普通人要完全隔离

家庭成员之间要隔离

小区与小区之间要隔离

城市与城市之间要隔离

国家与国家之间要隔离

隔离曾有多重负面意义

如某些社区与主流社会之间的芥蒂

如囚犯和家人远隔千里

还有种族歧视下家庭的悲戚

而面对新型冠状病毒

隔离却成为最有效的工具

区域隔离是对病毒最好的围剿

自觉隔离是最理智的阻击

拒绝隔离是对敌人无耻的放纵

主动隔离是对家人最亲情的防御

一场特殊的战役

不见了装甲和铁骑

不见了硝烟弥漫

只看到往来穿梭的白衣战士

他们朝着危险的方向逆行

义不容辞地担当了这场战役的主力

他们何尝不是孩子的爸妈

又何尝不是家中年迈父母的子女

但当祖国患难的时刻

他们没有推诿和犹豫

毅然在五星红旗的指引下

从全国各地向武汉、向湖北集聚

一天十几个小时的辛劳

三层防护衣下汗流如雨

以简单的餐食和少得可怜的睡眠

守护着患者的生命和安危

我们焦虑他们过于疲劳

却看到了他们的微笑和坚毅

他们平和的眼神

消除了患者的焦虑和恐惧

他们勇往直前的精神

点燃了绝望中的希冀

他们中的一些人不幸倒下了

留给亲人和我们巨大的空虚

他们用汗水和鲜血

浇灌这片苦难辉煌的大地

一场特殊的战役

一月二十日出现重要转机

钟南山先生的断言

随着电波传遍祖国各地

上千万人口的武汉果断封城

是悲歌也是壮举

湖北上万名、全国几十万名白衣战士

无怨无悔地向新冠病毒出击

十天左右两处方舱医院建成使用

再一次见证了中国速度的神奇

解放军医疗队迅速出动

成为火神山、雷神山抗击疫情的劲旅

物流公司和快递小哥不分昼夜

将医疗物资分发和送达

从各地支援湖北的医护人员和救济物资

一批又一批

……

正是普普通通的中国人

再一次用勇敢、善良和朴实

将中华民族的大旗高高举起！

2020.2.14

北京

写了那么多器官和地方
竟然没有写心脏

因为她太大
太悠久
太辉煌
也太夸张

因为她太美
太现代
太古老
也太深藏

因为她太卓越
太包容
太含蓄
也太大方

因为太不一样
我还没有描写她的技巧和胆量

2020.7.16

震撼

偶然
参观罗红摄影艺术展览
留下的印象只有两个字
震撼
震撼
还是震撼

震撼—— 一望无际的非洲大草原
震撼——撒哈拉沙漠的浩瀚

震撼——火烈鸟火一样的灿烂
震撼——南极企鹅的抱团取暖

震撼——雄狮求偶的呐喊
震撼——北极熊母爱的缠绵

震撼——马赛马拉保护区晨曦的耀眼
震撼——加拉太塔晚霞的璀璨

震撼——直升机在火山口上空的盘旋

震撼——摄影家天人合一的创作理念

震撼——变幻无穷的大自然
震撼——生命之美和对大自然永恒的眷恋

2020.8.26

归因

有人常常说
之所以成功
是因为环境和他人给了自己好机遇
而某次失败
是因为自己不够努力

也有人常常说
之所以成功
是因为自己聪明和努力
而某次失败
是因为环境差和别人不给力

不同的归因
但都是一种加速的轨迹
前者会有更多合作的机会
后者把孤独和刁难留给了自己

2020.8.30

特殊的一天

美丽的清华园

特殊的一天

一百零九年校庆日

失去往日的容颜

不见了白发苍苍的老学长

不见了风华正茂的青少年

听不见闻亭的钟声

看不见荷塘月色的流连忘返

学堂路上少行人

音乐亭里灯光不现

图书馆大门紧闭

清芬园断了三个月的炊烟

疫情推远了我们的物理距离

却难隔断清华学子的心手相连

云端相聚

笑语欢言

不一样的岁月

一样的眷恋和思念

2020.4.26

14天的隔离期满

14天的隔离期满
开始了新的盘算
把这个消息最先告诉谁
谁知道后笑容最灿烂
未来几天做什么
和谁一起去吃解禁后第一顿饭

14天的隔离期满
开始了新的盘算
该不该去买一件高档西装
还是像以前一样多攒点钱
家里的彩电修不修
开了几年的汽车换不换

14天的隔离期满
开始了新的盘算
工作是该更努力
还是多争取一点空闲
订个邮轮周游世界
还是待在家里更安全

14天的隔离期满

开始了新的盘算

世界经济要衰退

家里的积蓄怎么办

存银行还是置地产

多留人民币还是换美元

14天的隔离期满

开始了新的盘算

未来的目标是什么

应该有怎样的人生观

如果可以选择

讲享乐还是讲奉献

14天的隔离期满

开始了新的盘算

做人应该坦诚

还是考虑自己的职位更保全

遇事难得糊涂

还是坚持真理与信念

航班飞越国界的那一刻

航班飞越国界的那一刻
我想到了很多
人生有很多无奈
也有很多的巧合

一共64天的国外度假
两次出其不意的惊心动魄
先是在费城听到国内疫情的扩散
同胞身体和精神上所承受的折磨

二十几天以后风云突变
疫情在美国和欧洲各国肆虐
各种猜测和流言不绝于耳
加剧了一个异乡人的不安和忐忑

航班飞越中俄国界那一刻
我迫切希望它早一点降落
祖国虽也伤痕累累
却是情满人间的山河

2020.3.16

半年

2020年
注定令人难忘
很短
又很长

相聚的日子
很短
离别的日子
很长

想见能见的日子
很短
想躲不能躲的日子
很长

2020.6.30

雷雨

突然风起
闪电划过天际
雷声隆隆
一场暴风雨

想到突如其来的
还有新冠疫情
所不同的是上帝没有预报
爆发地和顺序

雷雨
受气候环境的孕育
病毒的根源
又在哪里？

2020.5.31

元宵节

当东方升起第一道霞光

染红山川和舷窗

大洋彼岸的那一边

我的故乡

却因为一场突如其来的疫情

增加了夜的长

他乡的灯也亮

他乡的米亦香

但不消我元宵节的思念

也难解我的愁肠

一样的痛一样的殇

2020.2.8于美国费城

再说朋友圈

轻弹小小的指尖
拉近你我的距离

寻觅琴棋书画的知音
共奏锅碗瓢勺的晨曲

倾诉漫漫前路的彷徨
分享心心相印的甜蜜

理想引领求索的道路
良知照亮心灵的期许

友谊历久弥新
相助不分此彼

你的生活中有我
我的岁月中有你

2020.4.18

秋

秋
有人简单，过成了收
有人多心，过成了愁
我过得矛盾
一分为二
白天过成了收
夜晚过成了愁

2020.10.14

马识途

欣闻老作家马识途106岁
出版新作《夜谭续记》
同时发来视频致辞
……惊讶与羡慕不已

他的名字
真正有趣
马识途
本身就在揭示一个真理

识途
多么好的寓意
否则
怎么会躲过人世间
数不清的刀枪剑戟

2020.10.1

原来如此

去裁缝铺做一件衣服
我很大方和豪气
慷慨地对师傅说
不在乎花多少钱
关键是穿上后要突显气派和华丽
衣领要挺
缝线要细密
……
我说的时候
师傅一直沉默不语
最后，只说了一句话
衣服一定要合体

原来如此
这让我想起了自己和很多诗人
写的那些华美却枯燥
与主体无关的
病歪歪的诗句

2020.10.4

有感而发

几年前
诗人余秀华
发表了她的成名作
《穿过大半个中国去睡你》
从此在诗坛上名声大噪
誉满华夏

她的诗
多数，我不敢夸
好的，无非是用简单的真
戳穿了盛大的假

无论写横店村
还是写月光和雪花
无论写她的狗
还是写他
不过是
没有扭扭捏捏
而是遵从内心
有感而发

2020.10.3

211

中秋的月光

喜欢这样的中秋

这样的月光

月光如银

照在我的床上

拂去曾经的忧伤

还你初识的模样

天涯共此时

低吟浅唱

我的书笺

你的红装

喜欢这样的中秋

这样的月光！

2020.10.1

星座

经常有人煞有介事地问我
是什么星座
想向我解释过去发生和未来将要发生的事
为什么
这时，我总会问他们
一共有多少星座
世界人口又有几何
当他们沉默的时候
我会说
70多亿人分占12个星座
和我一个星座的有6亿多
望望天空
它究竟说明了什么

2020.10.13

航班上

航班上
有很多不一样
不同的票价
不同的座舱

不同的身份
不同的着装
旅行的目的不同
也来自不同的地方

有个心愿却相同
希望归途不在一个地方

2020.9.1

犹豫

怀疑

自己有没有能力想象

把花草树木

还有马、牛、猪和羊

赋予精神和灵魂

再披上禅意深邃的伪装

让它们冠冕堂皇地走进

陡峭的分行

不过，我犹豫

如果人们看不懂

它们的陪葬

岂不冤枉

把想的说出来

又有何妨

这是不是文人墨客应该的模样

2020.9.15

我喜欢小曲
——《北方有佳人》观后

我不明白

为什么有人喜欢大剧

那么装腔作势

故弄玄虚

也许因为讲排场

还有那些百无一用的道具

恰像一些人的讲话

痴人说梦语

顾左右而言他

扑朔迷离

而我简单

直抒胸臆

喜欢

简单明了的小曲

2020.10.31

尴尬

出了一本诗集

却不知道读者在哪里

怪不着读者眼拙

也不是市场封闭

怪就怪自己误打误撞

闯进了作者比读者还多的领域

每个人对自己作品的推销

不遗余力

让人眼花缭乱

无从做起

还有抖音

微信上的消息

乃至睡眠

都是诗的强敌

尴尬如此

诗神缪斯

诗圣诗仙

可知悉

2020.9.16

摇摇晃晃的人生
——纪录片《余秀华》观后

《穿过大半个中国去睡你》

凸显她个性的张扬

她说睡你还是被你睡

其实一个样

撕下了一些卫道士

道貌岸然的伪装

她说的东西

未必其他人不那么想

只不过

没有她的勇气和胆量

也是她的一无所有

孕育出的沧桑

面前的悬崖峭壁

催生了她跳过去的疯狂

她用她的残障和苦难

也用她的坚强

托起2015女性传媒大奖的荣光

她用诗性的语言

播下文字的芬芳

真诚地和生命对话

诠释人性的罪恶与善良

她把坦率乃至粗野
融进惊世骇俗的诗行
的确
她和我们不太一样

2020.9.17

白露

白露
夜风送凉
雾气下沉
转而为霜

更有伊人
在水一方
难掩忧思
卸下了红装
姹紫嫣红的秋色
不解她的愁肠

季节变换
有人喜
亦有人伤

2020.9.7

偶然与必然

由于诗集《偶然》的出版
我又写了《必然》
可怕的是
它还没有与读者见面
不知道从哪一天起
我滋生了懒
对着色彩缤纷的秋季
竟无言
枫叶的红
失去了灿烂
银杏叶的黄
只是季节的演变
……
一切的一切
似乎都是自然
唯有芦花的白
无意中透露了白发的哀怨

2020.10.28

221

老年斑

不知道什么时候
为什么
我面颊的右上方
起了两块不大不小的老年斑
几年前无意间发现它们的时候
惊讶与恐惧
难以言传

这几年
我已经对它们视而不见
看的次数多了
习惯也就成了自然
再过一些时光
它们也许会由点到面
成为记录我人生的账单
一片又一片

老年斑
用另一种方式告诉我
我度过了危机四伏的中年

由此可以期待

有一个幸福的老年

2020.10.22

诗人的尴尬

写得好的诗人
往往很自大

不懂诗的人
瞎夸

写得差的人
也不觉得自己的诗很差

写下这些句子的时候
很尴尬

2020.10.17

庚子年北京的秋季

北京的秋季

一直有金秋的美誉

除了寓意农作物的丰收

还有天气的风和日丽

不会有春季的风沙

也没有赤日炎炎的袭击

细细的秋雨

微风和煦

离初冬

还有一个较长的时间跨距

不过

这些都是往年的描述和比喻

而庚子年

一切都发生了逆袭

刚从炎热和雾霾中走出来

还没来得及换上舒适的秋衣

却看到田野已经褪色

朔风吹来初冬的寒气

伴随而来的还有

疫情继续在全球扩散的坏消息

庚子秋短

预示着一个漫长的冬季

2020.10.16

任正非

任正非
1987年创建了华为
如今
享誉全球
震惊欧美

据传
他婉拒了很多荣誉
却在人们心中立下了无字的丰碑

相比，那些好大喜功
急于为自己树碑立传的人
应当感到惭愧

2020.10.15

奇迹

深圳是一个伟大的壮举
它以超群的速度
缔造了一个东方奇迹

据说
在这一过程中
曾经克服重重困难和阻力

更神奇的地方
我们并不清楚
它们到底来自哪里

2020.10.14

印象

十四年前访问日本
因为时间久了
很多事情都已忘记
但有一件事
留下了深刻的印象

记得在几家大公司访问
负责接待的都是彬彬有礼的日本女郎
穿着考究
端庄大方
觉得她们和中国女士
真的不一样
及至她们开始说一口流利的普通话
才知道她们都是中国姑娘
我方恍然大悟
语言才是人与人之间沟通的最重要的桥梁
印象
有时受其他因素影响
以貌取人
荒唐

2020.10.11

体检

每年
单位组织两次体检
不去
害怕有病没有及早发现
耽误了治疗
养成大患
去了又怕检查出病来
未来的日子怎么办
不管结果如何
体检前都是一样的提心吊胆
……
血压升高了
归因于头一天晚上没有好的睡眠
某一个指标偏离正常值
归因于一些偶然的事件

然后
最期待的是
检查报告上写下：
一切尚好

祝你平安

人们很多时候
需要自我安慰
也需要自我欺骗

2020.10.9

矫情

某演员在晚会上
唱李白的《静夜思》
高亢嘹亮

举头望明月的诗句
他抬着头高唱
又低着头吟
低头思故乡

他的头
一直在摇晃
矫情
原来这个样

2020.10.1

/ 第 6 辑 /

圆 梦

春晓

柳绿花红景色新，春雨夜入未扰人。
燕子飞来栖檐下，一树青枝不染尘。

2020.4.16

迎春

小酌豪饮频举樽，家事国事不劳神。
乐见江南披新翠，喜闻塞北传好音。
神丹妙药馈远客，白衣天使助芳邻。
待到全球皆佳讯，独领风骚又一春。

2020.4.10

樱花伴雪

樱花含苞苞欲放，白衣幔里露红裳。
人间多有龌龊事，自然好在不伪装。

2020.4.20

月岛

——北京通州大运河游玩记

白云衬蓝天，木桥延亭前。

水深芦草茂，岸边柳枝绵。

荷花浮水上，金鱼游其间。

心头无杂念，小憩竟成眠。

粽子

菱形包裹黄米黄，竹叶更添三分香。

一根马莲牵千岁，一首《离骚》万古芳。

2020.6.25

碗

不媚权贵不羡仙，不辱贫贱不欺寒。

苦辣酸甜皆无怨，只把温饱留人间。

2020.8.16

赏花林荫下

年少曾惊诧，一死唤千家。
希望依旧在，花甲亦风华。
求索苦作乐，育人更堪夸。
雅韵无晚岁，赏花林荫下。

2020.6.5

圆梦

花团锦簇枝枝艳，妙笔生花日日甜。
庸人自扰声声慢，鹊桥归路岁岁圆。

2020.4.25

竹节

多情托山水，隐居一点辉。
最羡竹有节，羞死人谄媚。

2020.5.9

庚子夏雨

庚子夏雨风摧急，巨浪滔天击长堤。
军民携手筑铁壁，苍龙俯首化为犁。

2020.7.12

母亲节忆往昔

年少多游历，常思是老居。
院后种瓜蔬，庭前栽桃李。
草帽遮风雨，落花化春泥。
燕栖屋檐下，慈母正缝衣。

2020.5.10

清华园春景

桃花吐艳伴迎春，紫荆俏比玉兰芬。
银杏难掩松柏翠，春雨夜入二校门。
柳絮纷飞今不见，树树青枝不染尘。
河畔婆娑杨柳色，清华园景更宜人。

2020.4.17

赏花

赤橙灰蓝一幅画，天外云影映晨霞。
青枝已染丰收色，不知雀儿落谁家？

2020.4.15

放风筝
——题史晋宏颐和园晨照

日出东方一抹明，少闻桥头踏歌声。
休道京师人不见，喜有游客放风筝。

2020.2.10

知了

每日双目盯荧屏，时时空调送冷风。
奇闻逸事都知了，不晓窗外有蝉鸣。

2020.7.8

贺新年

贺岁声声自天涯，客在异乡亦中华。
微风徐徐送暖意，窗明几净映春花。
鸡鸭鱼肉皆上品，水果蔬菜宜堪夸。
若问游人何所居，大洋彼岸女儿家。

2020.1.24于费城

紫萼花
——和庆霖兄

柴门陋室好栖身，我以紫萼喻作君。
家贫不妨出孝子，娇养从来害死人。

2020.8.3

夕照

夕阳偷照居民楼，晚霞无声染枝头。
书生难问天下事，醉酒吟诗扮风流。

2020.4.20

无诗

沙尘每每至，春来何迟迟。
空许般般愿，酒醉竟无诗。

2020.4.24

无题

难得青灯照凡心，莫怨浊酒留风尘。
红颜佳酿原无过，只借醇香好醉人。

2020.7.22

五言绝句·诗情

无知何可憎？有诗不伶仃。
存幸良知在，萦心一片明。

2020.2.23

题史晋宏大剧院晚照

余晖轻吻大剧院，春水倒映一片天。
昔日孤鹜今不在，落霞多情亦枉然。

2020.4.26

晨照

清华路宽通四海，泱泱主楼敞胸怀。
笑迎天下饱学子，更盼名师早归来。

2020.8.4

观照片有感兼和大迟诗

六祖故里思国恩，龙山顶上叹浮云。
四个书生心上事，不负自己不负人。

葡萄架下醉诗翁

勤劳人家窗亦明，腹有诗书自多情。
昔日荒丘今不见，葡萄架下醉诗翁。

2020.7.28

胸中文墨溢出来
——读长辉诗

借古喻今抒情怀，见微知著不足怪。
吟诗作对寻常事，胸中文墨溢出来。

2020.7.14

一问十答

书斋孕光华，金章亦堪夸。
一白只一问，幼甫竟十答。

2020.6.6

欲歌却无题

一年存四季，半数战恶疫。
喜迎红五月，欲歌却无题。

2020.5.28

柳絮①

柳絮纷飞种祸芽，众口同声骂柳花。
可怜世间凡夫子，错把柳絮当柳花。

2020.4.14

岁末感怀

黄鹤回首欲断魂，白云无奈叹疫瘟。
老少妇幼皆恐惧，异乡访客也忧心。
苍天百姓都欲晓，病毒根源何处寻？
书生空有报国志，可惜绝技不在身。

2020.1.28

---

① 柳絮能诱发很多过敏症。

春叹

——和何润宇教授

樱花落尽空留枝，却是柳絮乱飞时。
忧思四月常无语，幸有芳邻作好诗。

2020.4.16

虹山，虹山

中华水库万万千，蜚声大作数虹山。
去岁一枝红花陨，今年又添窦娥冤。
公道自有人心在，手握方向不能偏。
纵遇一点龃龉事，无须害群走极端。

2020.7.9

立秋

落叶报早秋，孤身易作愁。
红颜若解事，一醉伴风流。

2020.8.7

道是无情却有情

——读长辉"五四"二首有感

莫叹孤鸿少伴影，自有雏鹰诞南城。

不羡先哲拜尧舜，笑待后人舞东风。

百岁弦歌终不辍，一洼荷塘对未名。

两载未晤周郎面，道是无情却有情。

2020.5.4

感恩

——和庆霖兄

一指传书思故园，最幸四十六年前。

有缘人生遇伯乐，慧眼助我出乡关。

2020.8.17

苟晶案

——和长辉教授

书生慧眼非蒙尘，只惜法槌不在身。

纷纷扰扰世间事，自有公理系人心。

2020.7.5

246

湖光云影

暖红砖，透水浅。湖光掠倒影，玉栏围观。

天蓝蓝，云堆现。青枝伴宅眠，不临如见。

2020.8.3

度日如年

始离本偶然，皆因女儿缘。

及至疫情起，休假成避难。

谁料到西方，疫魔更疯癫。

全球无宁处，不知何时还。

安好方一日，受困似一年。

2020.3.7

归来
　　——和谭磊先生

过了一山还一山，心潮逐浪又几番。

佳人自解杯中意，新折凤蕊她可簪。

故园情
——和谭磊并一白先生

暮光残照—海湾，红霞几缕映天边。
车停走下思乡客，天涯咫尺皆故园。

2020.7.6

邻里亦闲话
——读长辉《惜红衣》

年少未轻狂，半百正风华。
雅韵无晚岁，赏花竹林下。

2020.6.5

农家乐
——文奎农家小院感

摘瓜樱树下，诗翁居农家。
四季青青菜，羡煞城里娃。

2020.6.18

朋友圈

朋友圈圈天下事，天下事事有所闻。
有所闻闻如己见，如己见见朋友圈。

2020.4.25

小满

因读醉翁咏小满，方知山川换新颜。
不幸庚子熬春日，抖擞精神度夏天。

2020.5.20

五言绝句·伤心事

大爱诚可爱，小我亦不坏。
最是伤心事，巨欺误作爱。

2020.2.26

七夕

岁月如梭，七夕难遇。本该良辰聚首，怎奈鹊桥拆去。　　东西南北，处处别离，有情难了愿，何日归来兮。

2020.8.25

南乡子·咏诗

咏诗三百，无意留名逾千载。　　不辜负似水流年，少憾，醉歌一曲洒文坛。

2020.6.5

浣溪沙·思念

他乡归来已暮春，相思三月欲断魂。小酌怡情不见人。　　夜半孤身似浮云，只闻窗外雨纷纷。六月无约更伤神。

2020.6.3

临江仙·无眠

长夜流光照无眠，反惜灯火阑珊。往日皓月今不见。凄风突起处，苦雨注江南。　　惊醒寒窗笑梦魇，天下同病相怜。塞外醉翁埋嗟叹。吟诗亦求索，仰首度英年。

2020.2.23

清平乐·清平乐
——电视剧《清平乐》观后

大宋江山，多处起狼烟。幸得仁宗执牛耳，四海升平无怨。君子大义凛然，独领风骚无限。先天下忧而忧，千古文人典范。

2020.6.7

西江月·无助

月下闲着空虚，欲求阅读弥补。怎奈信息皆模糊。多有不纯来处。　　真相有人知否，夜沉知音难诉。堪笑辛公乃小巫。吾辈更加无助。

2020.2.27

251

无题

十载相知非偶然，数度牵手舞翩跹。臂弯回眸处，俏红颜。
不知下站哪一站？只见黄帽罩婵娟。铃声又响起，亦是缘。

2020.10.4